El devorador
de hom

Colección dirigida por

Francisco Antón

Horacio Quiroga

El devorador de hombres

Ilustraciones

François Roca

Edición, notas y actividades

Jesús Jiménez Reinaldo

Vicens Vives

Diseño gráfico: Estudi Colomer

Primera edición, 2003

Depósito Legal: B. 34.539-2003
ISBN: 84-316-7233-1
Nº. de Orden V.V.: Q-866

IMPRESO EN ESPAÑA
PRINTED IN SPAIN

Editorial VICENS VIVES. Avda. de Sarriá, 130. E-08017 Barcelona.
Impreso por Gráficas INSTAR, S.A.

Índice

El devorador de hombres

El devorador de hombres

Yo, Rajá, tigre real de Bengala,[1] voy a contar en lenguaje humano cómo me vengué de mi dueño, el domador Kimberley, que me amansó.

¡Yo, Rajá, tigre manso! Éste fue su error. Considerábase muy satisfecho de mi docilidad, de mi dulzura al permitirle hundir su cabeza en mi boca… Pero antes es menester que recuerde cómo fui cazado, y esto dará razón de cuánto oprobio[2] y ardiente sed de venganza resecó mi alma de fiera real en mis cinco años de cautiverio.

Nací en los contrafuertes del Ramahal, a quince leguas del Ganges,[3] lo que equivale a decir en el corazón mismo de Bengala. Mi padre era el orgullo de los tigres de la comarca, y por consiguiente gozaba entre los hombres de la más sombría fama. Pasaban de treinta los hombres que habían abandonado instantáneamente el mundo al encontrarse con él, y justo es decir que mi padre había deseado y buscado estos encuentros, y sentía, ya desde muy pe-

---

1 El **tigre de Bengala** es un felino de gran tamaño, solitario y nocturno, que vive en las selvas, zonas pantanosas y llanuras de Bengala, región situada al noreste de India.

2 **oprobio**: vergüenza, deshonra.

3 **contrafuertes**: 'paredes rocosas'. El **Ramahal** es una imaginaria cadena montañosa que Quiroga sitúa a unos 83 km (**quince leguas**) del **Ganges**, el río más largo de India, cuyo valle es muy fértil y está densamente poblado.

queño, la soberbia de mi alto linaje.[4] Mi más grande esperanza era llegar a ser lo que era mi padre: un devorador de hombres.[5] ¡Sí, devorador de hombres! Este calificativo hablaba bien alto en pro[6] de nuestro valor, nuestra fuerza, nuestra audacia. Antes, la selva toda era nuestra. Después vinieron los hombres. ¿Por qué vinieron a la selva? Nosotros no íbamos a los campos. Y como nuestra comida era la misma, no hubo paz posible.

Pero en aquel entonces mi padre, en pleno vigor de edad, era el rey sombrío de Bengala, y nadie —lobo, campesino o cazador— dejaba de temblar hasta el fondo de sus nervios enloquecidos ante la posibilidad de ver aparecer de pronto, al volver una picada,[7] la temible imagen de mi padre. Ya varias veces se habían emprendido verdaderas campañas de muerte contra él y, aunque casi siempre había logrado forzar la línea de batidores,[8] una vez se vio obligado a arrollar a los cazadores, bajo una lluvia de balas. Resultas de esto vivían en el mundo dos cazadores menos, y por su parte mi padre no conservaba sino un solo ojo.

Pero, en cambio, ¡qué respeto y terror en el corazón de los hombres! ¡Qué inmenso orgullo en su cachorro y qué desprecio, en mi padre, por los descoloridos dueños del mundo![9]

4 **linaje**: estirpe, familia.

5 Sólo tres de cada mil tigres comen alguna vez carne humana. Generalmente ocurre cuando el tigre es muy viejo para cazar o ha sufrido un accidente o lesión que limita sus aptitudes. Pero, por instinto, el tigre evita enfrentarse con el ser humano, que es su mayor enemigo.

6 **en pro**: en favor.

7 **picada**: sendero en la jungla.

8 **batidores**: ayudantes de los cazadores, cuya misión consiste en acorralar a las piezas de caza mediante ruidos y gritos.

9 Como el pelaje del tigre de Bengala es amarillo con rayas negras o marrones oscuras, a Rajá el color de la piel del ser humano le parece apagado.

Este desprecio lo perdió, y nos perdió a nosotros con él.

Yo tenía entonces cuatro meses. Mi padre mostraba real complacencia conmigo, y más de una vez me permitió, aunque gruñendo, ensayar en su regia piel la fuerza de mis tiernas garras. Desde los tres meses en adelante me llevó a menudo con él, y bien que sus ataques entonces no fueran contra caza mayor,[10] ello resultaba excelente escuela para mí.

Así, una tarde lo acompañaba hasta el arroyo, cuando mi padre se detuvo de golpe, con un imperceptible gruñido. Yo me detuve también, y vi que, sin mover un solo músculo de su cuerpo, volvía lentamente la cabeza a todos lados. Era ésa mi primera alarma, y confieso que sentí inmenso miedo. Para nosotros un ruido, una huella desconocida, nos pone en completa guardia, como si debiéramos aprestarnos a luchar con un búfalo.

—Mira bien esto —me dijo mi padre—. Es rastro de hombre.

Y señalaba en la tierra húmeda una huella larga y ancha en un extremo, bastante semejante a la nuestra, pero mucho más larga.

Yo observé el rastro enemigo con fuerte latido del corazón. ¡Eso era, pues, de hombres! ¡De los dueños del mundo! ¡Y de todo, de todo!... ¡Pero no de mi padre!

Uno tras otro mi padre había deshecho a treinta de esos héroes. ¡Treinta! Un destello de coraje infantil encendió mi pupila.

—A éste también, ¿no es cierto? —me dirigí a mi padre—. ¿Éste va a ser el número treinta y uno?

Por toda respuesta, mi padre recogió el rabo bajo el vientre y con el hocico en tierra olfateó una tras otra las huellas, gruñendo

10 **caza mayor**: la caza que se dirige contra animales de gran tamaño, a veces peligrosos.

sordamente. Volvimos en seguida, con inmensa cautela[11] para no hacer el mínimo ruido.

—He encontrado rastro de hombres en el arroyo —dijo mi padre al entrar en la gruta.

—¿Te han visto? —preguntó mi madre, muy inquieta.

—¡Oh, no! Pero nos han descubierto. El rastro seguía hasta un centenar de metros de la gruta. Mañana estarán aquí.

Mi padre había sido demasiado tiempo cazador y cazado para equivocarse al respecto; mas, como en nuestra especie es regla de seguridad no abandonar la guarida hasta sentirla realmente asaltada, no nos movimos.

Eran las seis de la mañana, cuando se oyó el primer grito. Mi madre dormía y creí que mi padre hacía lo mismo; pero, fijándome, vi sus ojos a ras del suelo (pues tenía la cabeza apoyada en las manos), clavados en la entrada de la gruta,[12] y toda su actitud traspasada de atención.

11 **cautela**: precaución.

12 El autor parece haber olvidado que el padre de Rajá había perdido uno de sus ojos en un encuentro anterior con otros cazadores.

Los batidores. El círculo se estrecha. Fuga. Los rugidos de mi padre. Tres voces

Nuevas voces mucho menos lejanas atravesaron la selva hasta nosotros. Mi padre se puso bruscamente de pie, y en un instante mi madre hizo lo mismo. Yo volví mis ojos interrogantes a mi padre.

—Sí, son ellos —me respondió con un ahogado rugido cuyas profundas notas temblaron largamente en la gruta.

El enemigo se acercaba. Los gritos de los batidores aumentaban en intensidad, y un momento después se comenzó a sentir un ruido sordo; eran los bambúes[1] golpeados violentamente. Así, en perfecto círculo, los batidores avanzaban golpeando, gritando, estrechando el cerco sin cesar, forzando a los animales cogidos en esa inmensa red.

Mi padre, presa de viva agitación, iba y venía del fondo a la entrada de la gruta. Se detenía a cada vuelta prestando oído, y, abriendo la boca en un bostezo que descubría todos sus dientes, tornaba de nuevo al fondo. Digo bostezo, porque esa fue la impresión que tuve entonces. Después he conocido en mi propio ser que esos bostezos no son garantía ninguna para la vida del que los provoca.

El círculo se cerraba cada vez más. Ya era posible oír los insultos que los batidores prodigaban a mi padre.

1 **bambú**: tallo largo y duro de la planta del mismo nombre.

—¡Tío, no tienes vergüenza de esconderte!

—¡Eres más cobarde que una rata, tío flaco!

—¡Gato sucio, comegallinas, hijo de chacal,[2] sobrino de cobra,[3] espéranos!

Mi madre pensó con angustia en mí. ¿Qué hacer?

—Vete —le dijo mi padre—, llévate al cachorro; yo me quedo.

Pero mi madre no se decidía.

—¡Ligero! Dentro de un momento no podrás forzar la línea.

Mi madre se aprestó entonces a romper el círculo fatal y yo la seguí. Mas al volver los ojos desde la entrada y ver a mi padre que quedaba echado, la cabeza sobre las manos, y concentrando seguramente toda la energía de su magnífica vida para la lucha a muerte a que se aprestaba, sentí que en ese momento mi joven corazón se dilataba de osadía.

—Yo me quedo —dije a mi madre. Ésta me lanzó un cruel gruñido volviendo a medias la cabeza y posiblemente le hubiera seguido un zarpazo al hijo indisciplinado.

—¡Pronto, pronto! —exclamó mi padre—. ¡Déjalo! —y vi su pupila fosforescente, y ya con una especie de magnificencia mortuoria, que se fijaba por largo rato en los ojillos audaces de su real cachorro.

Durante un instante mi madre husmeó el juncal a todo viento. Luego aplastó las orejas y, rampando,[4] se internó en los bambúes.

2 El **chacal** es un carnívoro parecido al perro que tiene fama de ser muy cobarde. Suele ir tras los pasos de los leones y otros felinos para roer los despojos de los animales que aquellos abandonan tras devorarlos, pues el chacal se alimenta sobre todo de carroña.

3 La **cobra** es una serpiente muy venenosa que intimida a sus agresores incorporándose, mostrando sus agudos dientes y ensanchando su cuello.

4 **rampando**: alzando las patas delanteras.

La hembra estaba a salvo. Entonces, afirmando su potente estatura, extendió el hocico y lanzó un rugido vibrante, ardiente, que hizo temblar la gruta entera...[5] Era el cartel de desafío que mi padre enviaba a los atacantes.

El trueno de gritos y golpes que sucedió instantáneamente al rugido probó bien que había sido oído. Desde esos instantes, mi padre no cesó de rugir; era un redoble titánico[6] de fuerza pulmonar sostenida por un valor indomable. La gruta temblaba hasta en su base, y mis nervios, fustigados[7] por ese ambiente de lucha que despertaba mi cepa real,[8] vibraban a compás de los rugidos desafiantes.

El clamor, ya atronador, cesó de golpe, y mi padre calló también. En el profundo silencio que se hizo, una voz llegó a nosotros.

—Está allí, en la gruta. Los hombres no quieren acercarse más.

Era el jefe de los batidores quien hablaba. En efecto, su gente no se atrevía a dar otro paso. Su tarea había concluido, y el resto incumbía ahora a los cazadores.

Vi entonces que, desde el fondo del claro del bosque que se abría ante nuestra gruta, un hombre avanzaba, el primero que veía. Era muy joven, casi una criatura. Cuando estuvo a treinta metros, una voz ronca gritó:

—¡Eh, Aberdale! ¡Es una locura lo que hace! ¡No se acerque tanto! ¡Cuando una fiera no ruge, mal negocio!

---

5 El rugido de un tigre de Bengala es tan poderoso que puede escucharse a kilómetros de distancia.

6 **titánico**: excepcional, fortísimo.

7 **fustigados**: castigados.

8 **cepa real**: de familia de rey.

—Es que deseo mucho verlo —repuso el adolescente, sin detener el paso.

—¡Aberdale! ¡Por todos los tigres del Ramahal! —gritó de nuevo la voz ronca—. ¡Se va a hacer despedazar vivo! ¡Usted no sabe qué personaje es ese devorador de hombres! ¡Espérenos, por Cristo!

—Bueno —repuso el joven lord[9] Aberdale, deteniéndose apenas a veinte metros de nosotros—. Vengan ustedes.

Entonces pude observar detenidamente al joven lord. Como he dicho, era apenas un adolescente. Tenía el rostro de palidez de cera, y en él brillaban con honda dulzura un par de hermosísimos ojos, negros y melancólicos.

Había avanzado hacia la gruta con la seguridad de mirada y la elegancia de paso de quien sabe bien que su corazón no temblará. Y si se tiene en cuenta que iba hacia un tigre real de Bengala, un Devorador de Hombres, acorralado en su guarida, se comprenderá el temple[10] de aquel joven corazón.

---

9 **lord**: título honorífico concedido en Gran Bretaña a los miembros de la alta nobleza.

10 **temple**: valor sereno.

El ataque. Un héroe. Mi padre salta. La muerte de Nani-Dan

Tigre, fiera forzada y todo, no pude menos que admirar aquel valor en aquel rostro casi angélico al mismo tiempo que despertaba hacia él —y para siempre— impulso paternal en mi corazón. ¿Por qué? Lo ignoro. Tal vez la extrema juventud del cazador.

Entre tanto dos cazadores más habían surgido del fondo. Uno era alto y delgado, con gran barba rubia. El otro era hindú,[1] posiblemente príncipe. Vi el tren[2] de caza. Con el triple avance el drama tocaba ya a su fin. De un lado, nosotros, replegados en el fondo de la gruta, concentrando en feroz silencio todas nuestras fuerzas. Del otro, en igual silencio de energía llevada a su máxima tensión, los tres cazadores que avanzaban juntos, el arma pronta[3] en las manos.

El de la barba rubia puso por fin la mano en el brazo del adolescente.

—¡Bueno, Aberdale! Basta ya de locuras. Estamos a quince metros de la gruta, y el animal casi podría alcanzarnos de un salto. Usted sabe que he cazado bastantes tigres para que usted atribuya a miedo esto que le digo. Separémonos en línea, y si me permiten tomaré el centro.

---

1 **hindú**: indio.

2 **tren**: conjunto de personas que forman una expedición.

3 **pronta**: preparada, dispuesta.

—Si ustedes me permiten, lo tomaré yo —respondió el joven lord con su dulce y suave voz—. Usted, Hunter, como cazador célebre me debe esta galantería.[4]

—¡Vaya por la galantería! —no pudo menos que sonreírse Hunter—. Tiene usted sobrado corazón para negarle este placer… porque usted conoce el refrán: "Se apunta a los tigres con el corazón y no con los ojos".

Aberdale tomó así el centro, y los tres, después de revisar por última vez sus armas, avanzaron. Hunter sabía bien que, cuando un tigre se refugia en su cubil,[5] no sale de allí hasta que pueda hacerlo cayendo de un salto sobre el cazador. Esta convicción les

4 El apellido inglés **Hunter** significa 'cazador'; **galantería**: cortesía.

5 **cubil**: madriguera.

había permitido platicar y examinar impunemente[6] sus armas en el instante final.

Fue en ese momento cuando mi padre, arrastrándose sobre el vientre, se coló en el lado izquierdo de la gruta. Los cazadores dieron aún un paso, y en ese instante la gruta resonó hasta la entraña de la piedra bajo el rugido de mi padre. Vi que los cazadores daban vivamente un paso atrás, y se llevaban el arma al hombro. Un relámpago de orgullo me cegó, y a mi vez lancé un breve rugido de cachorro.

—¡Imbécil! —me lanzó mi padre en un gruñido. Como aún el aire temblaba por el rugido de mi padre, Hunter apreció mal la tonalidad del mío.

—¡Cuidado! —gritó echándose bruscamente atrás—. ¡Hay dos!

El hindú se estremeció violentamente. Aberdale no pestañeó; contentose con bajar rápidamente los ojos a su carabina,[7] y fijó de nuevo en la gruta su mirada serena hasta la incomprensión del peligro. Pero no debía tratarse de este último, porque mi padre, que lo observaba también, me murmuró señalándole:

—¡Cuidado con ése! Si hubiera diez como él en la India, se acababa nuestra especie.

«¡Bravo!», exclamé en mi interior, a tiempo que mi padre recogía todos los resortes de su potente musculatura para saltar. Pero con el cambio de postura, Hunter vio sus ojos fosforescentes que lo devoraban desde adentro.

—¡Atención! —gritó, apuntando vivamente. Antes que el tiro partiera, una mano cayó sobre el cañón de su arma. El adolescente lo miraba tranquilo.

---

6 **platicar**: hablar; **impunemente**: sin ser castigados, o sea, atacados por el tigre.
7 **carabina**: arma de fuego parecida a un fusil, pero más ligera que éste.

—Perdón, Hunter —le dijo con su voz melodiosa—, pero ese tiro me corresponde a mí.

El rubio ahogó un juramento.

—¿Usted cree que son éstos, momentos para divertirnos con prioridad de tiros,[8] lord Aberdale? —rugió casi.

El joven se sonrió, mientras un rayo de altivez cruzaba fugazmente por sus ojos.

—Hace mal en hablarme así, Hunter —repuso con dulzura. Y dando dos pasos adelante, bajó lentamente el cañón de su carabina. Con un terrible rugido, mi padre saltó.

«¡Ya está, se acabó!», me dije con tristeza, pensando en el heroico adolescente. Pero un tiro había sonado, seguido de un horroroso bramido: era mi padre, detenido en su salto por la bala de Aberdale, y que se revolcaba, bramando de dolor y coraje.

—¡Bravo, Aberdale, bravo! —clamaron los dos cazadores, en tanto que el bosque entero resonaba con los alaridos de triunfo de los batidores, que acudían a la carrera, gritando y golpeando a todos lados de gozo.

—¡Es fiera muerta! Ya… ¡Guarda,[9] Nani-Dan! ¡Es a usted! —se interrumpió Hunter con terror.

Pero ya era tarde. Mi padre, en un supremo esfuerzo, acababa de lanzarse como un rayo sobre el príncipe hindú, que rodó por el suelo.

Dos nuevas balas sonaron, que fueron a traspasar el pecho de mi padre, inútilmente: había muerto al caer por última vez, pero de la garganta del príncipe surgían cinco ríos de sangre, muerto también.

---

8 **prioridad de tiros**: orden de los disparos según la categoría de cada cazador.
9 **¡guarda!**: ¡cuidado!, ¡atención!

Mi madre. Un tiro de Hunter. Cacería lúgubre. Lord Aberdale. El cachorro imperial

Los batidores rodearon el lúgubre cuadro,[1] sobrecogidos de espanto. En el centro, mi padre tendido, y Hunter y Aberdale arrancando aún a la garra de aquél la garganta del desgraciado. De pronto Hunter recogió apresuradamente su arma.

—¡Hay otro! ¡No olvidemos!

—Es un cachorro —repuso el adolescente, sin levantar la vista—. Dejemos…

Un rugido le cortó la voz. Los dos cazadores se miraron mudos. ¡Ése no era un rugido de cachorro! Los batidores, con un unánime grito de terror, habían emprendido la fuga, lanzando alaridos.

—¡Es la mujer del tío!

—¡La tigra, la tigra!

—¡La madre del cachorro!

Un nuevo bramido sonó en el lúgubre silencio, y a treinta metros del grupo sombrío apareció, como una espectral[2] sombra de venganza, mi madre, que no habiendo podido forzar el círculo, había quedado en acecho, hasta sentir el rugido de muerte de mi padre.

---

1 **lúgubre**: horroroso y triste; **cuadro**: escena impresionante.

2 **espectral**: fantasmal.

Se detuvo un instante, gloriosa de fuerza y dolor, el preciso para ver el cuerpo de mi padre tendido en el suelo. Y con un aullante bramido en que iba toda la ira vengativa de su ser, se precipitó sobre los cazadores.

Hunter, mortalmente pálido, porque un tigre a la carrera ofrece difícil blanco, y es preciso detenerlo con una bala en pleno corazón, o morir, se echó el fusil a la cara, esperando con una inmovilidad de mármol que la fiera estuviera a cinco metros. Tuvo tiempo de ver a Aberdale apuntando también, y de decirle rápidamente:

—¡No! ¡Esta vez me toca a mí!

Mi madre, con un terrible salto, caía ya sobre él. El cazador, que en su trágica quietud la esperaba cubriéndola con la mira,[3] hizo fuego.

Un rugido y un supremo grito de agonía sonaron juntos. La temible fiera, que acababa de abrir el pecho hasta el vientre a Hunter, se lanzó sobre Aberdale, que le envió una bala entre los ojos, sin lograr detenerla.

Entonces comenzó la lucha terrible.

Aberdale, al sentir el choque, había tirado su fusil, inútil ya, y mientras con el brazo izquierdo detenía, aunque destrozándoselo, el primer zarpazo, con la mano derecha sacaba de la cintura el agudo cuchillo de caza. Durante un rato pude ver los dos cuerpos rodando por el suelo, y el brazo del adolescente que alzaba y se hundía en la entraña misma de mi madre. Cada golpe era un nuevo rugido, y cada rugido era un nuevo zarpazo en la carne humana desgarrada. Poco a poco los rugidos se fueron debilitan-

3 **mira**: dispositivo de las armas de fuego que sirve para hacer puntería.

do, a la par que el brazo de Aberdale se alzaba cada vez con menos energía. Llegó un momento en que el rugido fue un estertor ronco,[4] doloroso, de última agonía, y el cuchillo no se alzó más. Pero, por el estremecimiento de los dos cuerpos destrozados, comprendí que la garra de mi madre, sin levantarse, se hundía lentamente en un supremo esfuerzo de muerte, y que el puñal de Aberdale, también sin alzarse más, se clavaba hasta el mango con el último aliento que quedaba del heroico adolescente.

Entonces, estremecido y con frío de desolación, salí de la gruta. No se sentía ni un rumor, el más fúnebre silencio ahogaba a la selva. Y allí, en el claro del bosque que el día anterior había vibrado con el rugido imperial de mi padre, rey de la comarca, allí en el claro yacía el cuerpo del Devorador de Hombres, con tres balas en el corazón; y a quince metros, hundido también en la eternidad, el cadáver acribillado de heridas de mi madre. El cuadro era aún más sombrío: tres hombres quedaban a su vez tendidos en el campo de batalla, víctimas de su feroz afán de exterminio, y su muerte era el rescate de la selva herida en dos de sus reyes. Y de todo aquel bramar y tiroteo siniestro[5] de media hora antes, no quedaba sino yo, cachorro imperial, temblando sobre mis piernas, yo, que había contado demasiado con mis fuerzas.

Me acerqué lentamente a cada uno de los cadáveres, olfateándolos. Ante el del hindú no pude contenerme: con saña[6] cruel retraje los belfos,[7] y con un ronquido de venganza tardía clavé profundamente mis tiernos colmillos en aquella carne humana. Hice

4 **estertor ronco**: respiración dificultosa y grave que precede a la muerte.
5 **siniestro**: fatal, que trae la desgracia.
6 **saña**: odio.
7 **belfos**: labios de algunos animales como los caballos o los tigres.

lo mismo con el cuerpo de Hunter, el cazador de la gran barba rubia, y enloquecido ya por el gusto de la carne, me aproximé al joven lord Aberdale. Yacía abrazado con mi madre en un solo bloque de sangre y heridas. Pero al clavar mis dientes, su cuerpo se estremeció, y quedé inmóvil de sorpresa.

¡Sí, estaba vivo aún! Nada habían podido los veinte puñales que mi madre escondía en sus cuatro garras contra aquella heroica vida de juventud y energía. Lacerado,[8] desgarrado, agujereado de heridas, como una criba,[9] su cuerpo vivía aún. Su rostro, de una blancura de mármol, miraba al cielo, y, bajo el cielo familiar de la selva, vi que ante aquel heroico desamparo mi corazón se sentía otra vez lleno del cariño sombrío y fraternidad[10] que me habían embargado otra vez. Mi padre, mi madre, mis hermanos, mi familia entera masacrada,[11] todo desaparecía frente a la belleza y valor de aquel cazador de dieciocho años, el más alto representante de una especie aborrecida. Parecía haber condensado en sí las virtudes capitales de la especie humana: sangre fría, inteligencia y belleza, sobre todo belleza.

Mi sangre real latía de confraternidad y emulación[12] ante aquel adolescente, real también, que había hecho lo que mi exceso de juventud no me permitía aún. Pero yo debía a la selva el desquite de mi flaqueza actual, y en ese momento juré, cuando la edad templara mi valor,[13] recordar a la especie enemiga que yo era hijo

8 **lacerado**: lastimado, herido.

9 **criba**: instrumento en forma de aro, cuya estructura metálica interior está llena de agujeros y sirve para colar granos o arena.

10 **fraternidad**: sentimiento de hermandad.

11 **masacrada**: exterminada, muerta con violencia.

12 **emulación**: deseo de imitación.

13 Es decir, 'cuando, con el paso de los años, aumentara mi valentía'.

del Devorador de Hombres, de modo tal que en plena eternidad sonara el bramido de orgullo de mi padre, de orgullo y sufrimiento vengado en la triple herida de su corazón.

Un segundo estremecimiento recorrió el cuerpo del héroe. Seguramente iba a morir. Entonces, lleno de una inmensa tristeza, me eché a su lado. ¿Qué me importaba todo? No pensaba en nada ni podía hacerlo. Toqué sin querer una de sus manos desgarradas, y la sentí de hielo. Otra ola de tristeza me oprimió el corazón, y sin darme así cuenta de lo que hacía, comencé a lamer aquella mano en flor de belleza, de temeridad y de muerte.[14]

Lo que después pasó es muy rápido. Sé que sentí de repente una gritería atronadora, en tanto que de todos lados acudían corriendo con palos y picas[15] los batidores.

—¡Es el cachorro!

—¡Está devorando al lord!

—¡Ah, maldita raza de cobra! ¡Comedor de cadáveres, cobarde!

—¡Corramos ligero!

Yo levanté la cabeza y los vi llegar con la más completa indiferencia. ¿Qué me importaba todo? Lamí por última vez con mi lengua aquella mano de mármol, y en ese momento sentí un dolor atroz en el pecho, como si me arrancaran las entrañas a viva fuerza. Una nube de sangre y sombra nubló mis ojos, y perdí el sentido.

---

14 Esto es, 'en plenitud de hermosura, de valentía y al borde de la muerte'.
15 **pica**: palo largo con una punta metálica muy afilada.

Mi captura. Un anuncio sensacional. El capitán Kimberley. Mi juramento

Hoy, cinco años después de aquel drama en que naufragó mi libertad, vienen a mí como en un sueño los primeros días que lo sucedieron. Recuerdo que cuando volví en mí me hallé dentro de una sólida jaula de hierro. Sentía terribles dolores en todo el cuerpo, y, al pretender levantar la cabeza, el sufrimiento me hizo exhalar un gemido.

—¡Ah, ah! —lanzó una voz sarcástica,[1] a mi lado—. ¡Parece que volvemos en nosotros! ¡Parece que no tuvimos tiempo de devorar cadáveres!

Abrí los ojos y vi un hombre que me observaba. Seguramente hacía rato que estaba allí esperando mi resurrección. Tenía el rostro flaco y amarillo, y todo su semblante respiraba crueldad. Al oírlo lo miré con suprema indiferencia y torné a cerrar los ojos.

—¡Bueno, bueno! —exclamó el otro, levantándose—. ¡Ya se nos pasará el sueño, joven dormilón!

—¿Pasó el desmayo? —oí que preguntaba otra voz.

—Sí, ya no hay nada que temer. ¡Qué negocio para el capitán! No tiene más de cuatro meses.

—Si se salva.

—¿Quién, el cachorro? Usted no sabe qué vida tienen estas

---

1 **sarcástica**: burlona y cruel.

fieras. Apuesto mi turbante[2] contra una sandalia vieja a que dentro de diez días se está sacudiendo la cabeza contra la jaula.

—Realmente su… Y ustedes llegaron lo que se dice a tiempo. ¿Es cierto que estaba por devorar a lord Aberdale?

—Desde las manos a los pies.

Al oír aquel nombre yo abrí los ojos.

—¡Hola! ¡Parece que te acuerdas, colmillo de cobra! —me lanzó el hombre de cara cruel—. ¡Ya lo creo que debes sentir no haber clavado del todo los dientes en el gran aristócrata![3] ¡Pero pronto la vas a pagar, mocito!

—¿Y el lord? —continuó el otro—. Por lo que me han contado ha hecho prodigios de valor.

—Es el corazón más templado[4] que existe. Y con su cara de ángel… Pero no pasará de esta noche… ¡Qué lástima! Es inmensamente rico y par de Inglaterra.[5]

—¡Y una criatura casi!

Aquí las voces callaron y un momento después un dolor atroz en el pecho me desvanecía otra vez. Pasaron así treinta días en que sufrí, fuera de mis propias heridas, el tormento diario de los insultos, los malos tratos, las pedradas y golpes de hierro del hombre ronco. No hubo vil[6] indígena o europeo más vil aún que no se acercara a mi jaula a escarnecerme.[7] Sabía que el séquito[8] de los

2 **turbante**: pieza de tela que se enrolla alrededor de la cabeza y que sirve de gorro para los hombres en los países orientales.
3 **aristócrata**: persona que tiene un título de nobleza.
4 **templado**: valeroso y lleno de entereza.
5 **par de Inglaterra**: miembro de la alta nobleza británica.
6 **vil**: malvado y cobarde.
7 **escarnecer**: burlarse de alguien con crueldad.
8 **séquito**: conjunto de sirvientes que acompaña a una persona poderosa.

tres cazadores muertos me había vendido al capitán Kimberley, dueño del famoso Circo Asiático que por entonces recogía noche a noche atronadores aplausos en Calcuta.[9] De modo que estos treinta días me vi sacudido sin cesar en la miserable jaula, hasta salvar las ochenta leguas que distaba de Calcuta mi selva natal.

Vuelvo a repetirlo: todo aquello viene a mí como en sueño. Entraba de golpe en una nueva vida. Detrás, en el tiempo y en el juncal perdido para siempre, quedaban, con mi libertad perdida, mis cuatro meses de cachorro real, engendrado y educado por un verdadero monarca, cuyo destronamiento y ejecución estaban señalados por una doble cruz, empapada en sangre humana. Mi nueva existencia llevaba así su pasaporte sangriento, y, desde entonces en adelante, mi fe de bautismo[10] llevaría este título: «Rajá, tigre real de Bengala – hijo del Devorador de Hombres del Ramahal, cuya captura costó la vida al teniente Williams Yoe Hunter, primer cazador del Imperio Indio; – a S. A. R. Nani-Dan, hijo del Marajah de Dnizzar;[11] – y puso a un paso de la muerte a lord Aberdale, par de Inglaterra».

Éste es el cartel que Kimberley colocó en el circo en grandes letras rojas el día de mi presentación. Como se ve, lord Aberdale no había muerto, y, al saberlo, sentí que el lazo, íntimo, hondo, inquebrantable, que me había unido a él en aquel terrible día, no hacía sino estrecharse. ¿Qué nos reservaba el destino para haber lanzado ese efluvio[12] de encanto de su corazón al mío?

---

9 **Calcuta** es la capital de India.

10 **fe de bautismo**: aquí, 'documento de identidad y reconocimiento'.

11 **S. A. R.**: siglas correspondientes a 'Su Alteza Real'; **marajah**: soberano de algunas regiones de India; **Dnizzar**: país imaginario.

12 **efluvio**: emanación, hechizo.

Desde aquel momento mis recuerdos se precisan. ¡Un año, un año de amaestramiento pesó sobre mi espalda y mis riñones, y mi hambre y mi sed! ¡Preciso es saber qué tremenda inversión[13] de nuestro temperamento se requiere para poder ser presentado en un circo! Y toda esta terrible violencia impuesta, sólo Dios sabe cómo, no hace sino concentrar en profunda hiel[14] todo el tormento devorado para que algún día… ¡ay entonces del domador!

Sé que no todos los domadores profesan igual sistema de amaestramiento y entiendo que algunos hay que llegan, por la simple paciencia e interpretación de nuestra psicología, a hazañas increíbles; pero de mí sé decir que no hubo tortura diaria que no me fuera aplicada para obtener de mí lo que yo no quería: mi sangre real resistía y resistió cuanto pudo a aquella abyección.[15]

Llegué a hacerlo, sin embargo, y lo hice durante cinco años con el alma empapada en vergüenza. Pero en el fondo de mi voluntad quebrada y mi dignidad envilecida, ardía siempre, alimentándose con mi propia degradación, la llama candente de mi venganza.

No obstante es tan fuerte, cuando estamos domados, la voluntad impuesta a la nuestra, que son raros los desquites, a pesar de vivir horas enteras con nuestro domador. Hasta que llegó un momento en que los hechos —tan injusto fue aquello— me libertaron de la influencia de Kimberley.

---

13 **inversión**: transformación total.

14 **hiel**: líquido amargo segregado por el hígado; aquí tiene el sentido de 'amargura, rencor'.

La luz se apaga. Ocho fieras y un látigo. Me echo detrás del domador. Cinco tiros. Un golpe de conmutador[1]

Una noche ensayábamos, mis ocho compañeros y yo, en la gran jaula de hierro que servía para tal fin. Mis compañeros eran dos tigres cingaleses,[2] tres leones, dos panteras y un leopardo de Penjab.[3] La prueba era la habitual del grupo: las panteras, el leopardo y un león se mantenían inmóviles sobre cuatro columnas en fila. Delante de ellos dos leones oscilaban en un sube y baja. Los tigres de Ceilán rodaban en sentido contrario sobre sendas bolas de madera, y yo, echado largo a largo en el suelo, soportaba sobre mi flanco jadeante los pies del domador triunfante que desplegaba una bandera.

Como estábamos en ensayo, Kimberley se contentó con trepar encima de mí, sin lucir la bandera.

Era la noche de un lunes en que no había función y trabajábamos bajo un gran foco eléctrico. Y de repente la luz se apagó; se apagó completamente, y en la gran jaula reinó la más profunda oscuridad. El primer sentimiento de todos nosotros fue de violenta sorpresa, seguida de estupor.[4] En seguida un séxtuple gru-

1 **conmutador**: interruptor eléctrico.

2 **cingaleses**: originarios de Ceilán, isla situada al sur de India y cuyo nombre actual es Sri Lanka.

3 **Penjab** o **Panjab**, región de India y Pakistán bañada por cinco ríos y muy rica en recursos agrícolas.

4 **estupor**: confusión, pasmo.

ñido tembló en las tinieblas. Vi o sentí más bien que la pantera, el leopardo y el león bajaban silenciosamente de sus columnas. El sube y baja dejó de crujir y las bolas pararon. Uno tras otro se sintió en el piso el golpe leve y sordo de los cuerpos que caían sobre las garras cautelosas.

Una profunda sacudida recorrió mi cuerpo, y noté que los pies se retiraban vivamente de mi flanco. ¿Qué iba a pasar?

Por el alma de aquellos terribles forzados[5] cruzó el mismo relámpago de venganza. ¡Por fin la noche del bosque natal nos ponía a solas con nuestro domador!

Pero de pronto un golpe seco sonó: era el látigo, el formidable látigo del domador que restallaba en el aire gritándonos: «¡Guarda!». Esta vez no fue un gruñido, sino un rugido general lo que respondió a esa intimación. ¡Ya no había luz, era pues nuestro! Así debió comprenderlo también Kimberley, porque desde ese instante no cesó de tenderlo hacia nosotros en frenéticos restallidos. Y paso a paso, con el hocico pegado en tierra, el alma encendida en el mismo fuego de venganza, nos íbamos acercando a él.

El látigo bramaba cada vez más violentamente tratando de contener, con desesperado frenesí,[6] aquel infierno de garras y colmillos babeantes que rampaban hacia él. Pero segundo a segundo el domador sentía avanzar el anheloso jadear, comprendiendo que, si por fatalidad el látigo llegaba a escaparse de sus manos, estaba perdido.

Pero entre tanto un sentimiento extraño se iba apoderando de mí, al ver a aquel hombre defendiéndose solo él con un látigo

---

5 **forzados**: condenados a la cautividad, presos.

6 **frenesí**: agitación nerviosa.

contra ocho fieras. No tenía ciertamente compasión a un miserable de esa especie: pero sí algo que se asemejaba a un impulso de mi propia dignidad.

¿Qué iba a hacer yo allí, a qué agregar mis garras a los cincuenta y seis puñales que en forma de zarpa iban a hundirse en su carne?

Por esto me retiré de los asaltantes y, pasando por detrás del domador, fui a echarme contra los barrotes de la jaula. Justamente encima de mí había un conmutador eléctrico que usaba el capitán Kimberley para distribuir algunas luces, y desde luego la del foco de la jaula. Yo había ido cómodamente a echarme allí, y esto me perdió.

El jadeo de las fieras crecía con la inminencia del ataque, y el látigo restallaba siempre precipitándose. Esto duraba ya dos minutos, y no es fácil suponer qué terrible debía ser la tensión de nervios de aquel hombre, conteniendo de ese modo a ocho fieras (no a siete), porque seguramente me contaba en el grupo.

El cansancio debía rendirlo de un momento a otro. Así fue, en efecto, porque de pronto un fogonazo brilló, mientras la detonación retumbaba en el gran local. Era el revólver cargado con pólvora que todo domador lleva siempre en el cinto como supremo recurso.

Y digo supremo porque sólo en último caso usa de él, pues es terriblemente peligroso. Las fieras lanzaron un rugido, precipitándose furiosamente sobre el domador. Pero éste había tenido tiempo de verme detrás de él, y, abrasándome los ojos con el fogonazo, volvió a descargar tres veces más su arma sobre el hocico de los más atrevidos. En seguida, en un esfuerzo final, llegó al conmutador y, abriendo la llave, inundó la jaula de violenta luz.

¡Ya era tiempo! Mientras las fieras enceguecidas se echaban atrás con un aullante rugido, el domador abría y cerraba la puerta tras él. Pero fue lo último que pudo hacer: lívido,[7] blanco hasta la muerte por aquella tensión de nervios sin igual, apenas cumplido su deber se desplomó al suelo, desmayado.

7 **lívido**: muy pálido.

Me acusan de traición. Mirada contra mirada. El horno eléctrico. Un rugido de desdén. Mi tortura

Los guardianes, los sirvientes, el propio capitán, todos me acusaron de haber dirigido el ataque.

—¡Sí, fue él! ¡No puede ser otro que él! —vociferaba un guardián cobarde e inquisidor[1] con quien tenía yo larga cuenta pendiente.

—¡Es Rajá, el maldito hijo del Devorador! —clamaba otro, mientras corrían todos hundiendo los hierros tras los barrotes para reducir a las fieras aún bramantes por el golpe frustrado. Se abalanzaban sobre las picas, las mordían furiosamente, pero el metal cilíndrico se escapaba de sus dientes y garras. Los golpes recrudecían, y con ellos la rabia de las fieras indómitas. El galpón[2] resonaba hasta desquiciarse con los bramidos y gritos.

—¡Se necesita un castigo ejemplar! —aullaba otro guardián, buscándome con su hierro—. ¡Éste va a acabar un día con todos nosotros!

—¡Cobra con patas, puñal envenenado!

—¡Basta! —gritó imperiosamente el domador, viniendo hacia mí con visible esfuerzo.

Todos callaron entonces, fieras y hombres. Estaba mortalmente pálido, y se detuvo ante la jaula mirándome en los ojos. Yo, re-

1 **inquisidor**: aquí, 'cruel'.

2 **galpón**: cobertizo grande, con paredes o sin ellas.

plegado en el fondo, doblé lentamente las patas, y sin quitar tampoco mi vista de la suya, quedé inmóvil. Durante un rato se hubiera dicho que de una pupila a otra iba un finísimo rayo de odio centellante, mortalmente envenenado.

—¡Conque eres tú! —me dijo con la voz temblante de ira contenida—. ¡De modo que te has hecho capitán de bandidos! ¡Tú, el hijo de un devorador de hombres, es decir, de un tigre valiente entre todos! ¡Y no contento con esto te vas a agazapar[3] detrás de mí, para asesinarme a traición, mientras los otros me atacan de frente! ¡Cobarde!

La acusación era tan terriblemente injusta que lancé un vibrante rugido.

—¡Sí, cobarde! —clamó con voz tronante el domador, irguiéndose en toda su alta estatura.

Desde los guardianes se levantó un murmullo.

—¡Sí, el capitán lo vio!

—¡Ya iba a saltar sobre él!

—¡Es un cobarde!

Pero una voz se alzó, tímida.

—¿Pero sería para atacar al capitán…?

—¡Silencio! —gritó imperiosamente el domador—. ¡Yo lo he visto, a él, a Rajá, agachado detrás de mí para saltarme! ¡Y tú —me lanzó directamente a mí—, tú tienes que pagármelas, maldito seas! ¡Y bien pronto!

Entonces, hastiado[4] y repugnado de tanta injusticia y tiranía, me erguí y, clavando mis ojos en los suyos, le envié un rugido de

3 **agazapar**: ocultarse para pasar desapercibido.

4 **hastiado**: cansado, harto.

cuanto desafiante desdén cabe en un corazón de tigre real ante una alimaña[5] cobarde y cruel.

El domador lo apreció en todo su valor. Su rostro se puso aún más lívido de odio.

—¡Sí, y ahora mismo! —clamó colocando la mano en la puerta—. ¡A ver, los guardianes, fuera de aquí todos esos animales! ¡Dejen únicamente a Rajá! ¡Vamos a quedar solos!

Todas las jaulas de ensayo tienen una puerta trasera hasta la cual se puede hacer rodar la jaula común de vivienda cuando es preciso. Concluido el ejercicio, se vuelve a abrir la puerta de comunicación, y las fieras entran de nuevo en su casa. Como ésta rueda, puede transportarse de un lado a otro. La maniobra se hizo pues en tal sentido; los guardianes desaparecieron con las fieras, y quedamos solos el capitán y yo.

Durante un instante abrigué la loca esperanza que el domador iba a entrar a "castigarme", con revólver, puñal, carabina, cualquier cosa; pero que iba a entrar. ¡Hubiera dado no sé qué porque esto sucediera!

Pero no fue así. Kimberley llevó de nuevo la mano a la puerta de la jaula, y ante la sacudida eléctrica y el destello de insensata alegría que brilló en mis ojos, comprendió lo que yo deseaba.

—¡Ah, no, mi ex amigo! —exclamó con una carcajada sardónica—.[6] ¡Ya pasaron los tiempos de eso! ¡Ahora vamos a trabajar un poco separados!

Todo domador que se respeta y respeta la vida propia y ajena, lleva consigo un horno eléctrico, capaz de poner al rojo albeante[7]

6 **alimaña**: animal dañino.

7 **carcajada sardónica**: risa maligna.

8 **rojo albeante**: al rojo vivo, casi blanco.

los hierros de represión[8] en menos de un instante. Sabido es que las fieras sólo pueden ser contenidas por el punto de fuego de un hierro caldeado así. Y tanto es el temor, que en las insurrecciones leves basta con el contacto de un hierro al que se ha pintado de rojo el extremo.

Así, cuando vi al domador apoderarse de un hierro y disponer el conmutador, no tuve duda de lo que iba a pasar. No obstante todo mi valor, odio y dominio sobre mí mismo, no pude evitar un hondo escalofrío al ver que el hierro se hundía en la boca devoradora del horno en tanto que mi desesperada impotencia explotaba en un hondo bramido. Fue, con todo, el único que me arrancó la tortura y estoy seguro de que allá en el Ramahal, en la selva perdida y llorada, la sombra ambulante[9] de mi padre respondió con otro bramido de orgullo y aliento a su retoño real.

—¡Hola, hola! —exclamó con sorna[10] sarcástica el domador, volviendo la cabeza—. ¿Parece que nos quejamos ya? ¿Tan temprano? ¡No, mi ex amigo! Aún falta un momento… 1.000 grados apenas: cuando lleguemos a 1.200, sí. ¡Paciencia!

Abrevio: treinta, cuarenta, cincuenta veces, el hierro deslumbrador y chispeante se hundió en mi carne; y no con rapidez, sino con una tranquilidad y un método de tortura terribles, buscando con prolija ciencia[11] los puntos más sensibles, volviendo otra vez a la llaga recién abierta, desgarrándome casi las entrañas. Yo me había echado sobre las manos, la cabeza sobre ellas y con los ojos cerrados devoraba en silencio el horrible dolor de cada

8 **represión**: castigo.
9 **la sombra ambulante**: el fantasma errante, que vaga.
10 **sorna sarcástica**: burla cruel.
11 Esto es, 'con lenta y esmerada sabiduría'.

llaga. La tortura seguía entre tanto, prolija, insinuándose bajo mi vientre, a pesar de mi postura, y acompañada por la voz dulce del domador.

—¡No es útil en la vida ser injusto con quien nos quiere!

—¡No creas que lo hago por tu mal, mi ex amigo!

—¡Aquí duele un poquito: valor, Rajá!

—Aquí también: pero pronto pasará.

—¡Otro poquito en esta misma! Duele más pero ayuda a curar el mal humor.

—¡Ah! ¿Duele mucho? —un sordo gemido había salido de mi pecho—. ¡Otra vez, entonces! ¡Es tan triste atacar a traición a un amigo!...

Fue lo último que vi. Chamuscado, quemado, hecho una llaga viviente, dejé caer del todo la cabeza y perdí el sentido.

Mi piel se recompone. La suprema venganza. El hijo del Devorador de Hombres. Aparezco en escena

¿Quién podría valorar, quién, animal u hombre, la tremenda energía, la heroica resistencia al propio impulso, necesarias para ocultar dos años enteros un hambre y una sed terribles, bajo la máscara de la más completa mansedumbre? ¡Sí! ¡Hambre y sed de venganza, del placer de los dioses y de los tigres reales, era lo que yo sentía! ¡Hambre de Kimberley, de sus crueldades, de su ensañamiento,[1] de todo su cuerpo odiado hasta la exasperación enloquecedora, eso es lo que yo tuve que dominar y ocultar dos años!

En pos de[2] la tortura pasé un mes entero tirado en un rincón de la jaula y sin hacer un movimiento, a trueque de[3] sentir horribles dolores. Y cuando por fin pude levantarme y me vi quemado, desfigurado, convertido en un miserable guiñapo[4] de tigre, una ola de inmensa amargura me agobió, y caí de nuevo tendido en mi rincón. ¿Qué era yo, ya? ¿Para qué vivir arrastrando sobre mis trémulas patas el espectro[5] mutilado de un tigre real? Y como cinco años antes, cuando volví en mí en pos de las heridas de mi captura, esta vez llegaron también palabras a mis oídos.

---

1 **ensañamiento**: encarnizamiento, extrema crueldad.
2 **en pos de**: después de.
3 **a trueque de**: aquí, 'para evtar'.
4 **guiñapo**: desecho, cosa sin valor
5 **trémulas**: temblorosas; **espectro**: fantasma.

—¿Entonces usted cree que no quedará rastro? —preguntaba "su" voz.

—No, esté seguro de ello. Todo volverá a su estado normal.

—Es que... me dejé llevar un poco. Las quemaduras fueron atroces.

—¡Ya lo veo, ya lo veo! Pero la piel se recompondrá, verá usted, y dentro de seis meses no quedará rastro.

No oí más. ¡Luego volvería yo a ser Rajá! ¡Luego las fuerzas retornarían y la magnífica piel que he heredado de mi especie volvería a ser la de antes! ¡Ah! ¡Qué inmensa dicha sentí! Y en el fondo de mi alma juré por la memoria de mi padre y por mi propia sangre real, concentrar todas mis fuerzas en esta sola esperanza: ¡destrozarle de un golpe la cabeza, arrancársela de una sola y única dentellada!

Entonces comenzó otra tortura: durante dos años fui la fiera de más dulce condición que ha gemido bajo el látigo del domador. No hubo insulto, sacudida, golpe de hierro a que yo respondiera con leve gruñido de pasajero fastidio, pero nada más. No podía disimular mayor mansedumbre, porque ésta, cuando es excesiva, despierta justa desconfianza. Y tuve asimismo que luchar dos años contra la de mi domador.

—¡Cuidado! —le advertían—. Este animal está muy cambiado para que sea de buena fe su mansedumbre.

—Sí, ya lo sé —respondía Kimberley—, no lo pierdo de vista.

Y poco a poco mi amaestramiento recomenzaba.

—¡Cuidado! —insistían otra vez—. Un tigre no olvida nunca lo que usted ha hecho.

—¡Veremos, veremos!

Y aunque no me perdía jamás de vista, continuaba haciéndome girar con mis compañeros.

Lo cierto es que su presunción[6] de domador podía más que su desconfianza, y halagado[7] en lo más hondo de su vanidad por mi docilidad, concluyó por no ver en ello más que su influjo personal, capaz de dominar completamente a una fiera que ya había sentido su terrible marca. Esto no obstante, me tendió varias veces verdaderas celadas[8] para saber qué había de cierto en mi mansedumbre actual. Llegó a cometer verdaderas imprudencias, una de las cuales fue azotar vivamente a un león, teniéndome a mí a sus espaldas. Y ya se sabe que hay pocas cosas más peligrosas. Resistí, sin embargo, apretando los dientes hasta hacerlos crujir, a la tentación de arrancarle la espalda de un zarpazo, y la mirada de triunfo en que me envolvió al volverse a mí, fue mi real recompensa.

Con esto la vanidad lo cegó del todo, y contra la opinión de sus compañeros de oficio, se arriesgó un día a la prueba decisiva que marca conjuntamente el máximum[9] de audacia de un domador, y de la bondad de carácter de una fiera: hundir la cabeza en la boca del animal.

¡Por fin! ¡Llegado por fin lo que yo deseaba, aquello a que había aspirado constantemente, dolorosamente! Desde entonces tuve trazado mi plan: una noche de gala en que el circo estuviera repleto, y el nuevo triunfo del capitán Kimberley atronara el recinto, esa noche: *¡trac!...* ¡Nadie puede apreciar, si no es tigre y no ha odiado inmensamente a un hombre, lo que yo sentía al pregustar el estallido de sus vértebras!...

6 **presunción**: arrogancia, vanidad.
7 **halagado**: complacido, satisfecho en su orgullo.
8 **celadas**: trampas.
9 **el máximum**: el no va más, el máximo.

Y llegó la hora, por fin. Los diarios habían anunciado estruendosamente la nueva hazaña de Kimberley, rey de los domadores:

ESTA NOCHE,
INAUDITA[10] HAZAÑA DEL CAPITÁN KIMBERLEY
¡LA PRUEBA MÁS PELIGROSA!
¡EL HEROÍSMO EN SU ESPLENDOR!
EL CAPITÁN KIMBERLEY
METERÁ LA CABEZA DENTRO DE LA BOCA DE
¡RAJÁ!,
EL HIJO DEL
DEVORADOR DE HOMBRES DEL RAMAHAL
¡RAJÁ, REY DE LAS FIERAS!

El mundo elegante, siempre afanoso de impresiones fuertes, había respondido al llamado. El circo deslumbrante de luces ostentaba en su recinto la flor del gran mundo de Calcuta. Era sobrado conocida la historia del Devorador de Hombres, para que el público no acudiese a ver la degradación de su retoño imperial. ¡El hijo de aquel sombrío héroe, dejándose hundir la cabeza en su boca cobarde y sumisa! Era menester ver eso.

10 **inaudita**: asombrosa, increíble.

La gran prueba. Kimberley hunde la cabeza. Mi boca se cierra. ¡Un tiro, un tiro! Encuentro inesperado

¡Sí, yo también quería verlo! A las once de la noche, después de un largo intervalo que no hizo sino excitar más al público, apareció en el picadero[1] el capitán Kimberley, que avanzó gallardamente al medio. Allí, juntando los pies, saludó con su fusta.[2] Aturdidores aplausos acogieron su presencia. Un instante después entraba en la gran jaula con mis siete compañeros, y los ejercicios se desarrollaron como siempre. Pero el público estaba impaciente; todo esto le parecía nimio:[3] quería verme a mí.

Por fin, me llegó el turno, y mi jaula apareció bajo nuevos y calurosos aplausos. Kimberley hizo una señal imperiosa, y un hondo silencio acogió su orden. Entonces, abriendo rápidamente la puerta de la jaula, entró.

Aquí una explicación. El público admira profundamente la prueba que consiste en acorralar a una fiera a latigazos. El animal ruge, parece que va a lanzarse contra el domador, y la impresión es fuerte en el espectador. Nada es menos peligroso, sin embargo, y los domadores lo saben bien, con la condición de que "el látigo no toque a la fiera". Si esto llega a suceder por un terrible descuido, el domador está en seguida en inmenso peligro.

---

1 **picadero**: aquí, 'pista del circo'.

2 **fusta**: látigo.

3 **nimio**: sin importancia.

Desde luego, una de las mayores maestrías de los domadores consiste en simular perfectamente un latigazo, siendo así que sólo lo hacen restallar en el aire a pocos centímetros del animal rugiente. La ilusión es completa, y de aquí la emoción del público.

Esta proeza[4] se repitió conmigo esa noche, y tratándose de un tigre real al cual se le entregará momentos después la cabeza indefensa, la ficción era tremenda para el público.

De modo que cuando Kimberley, después de apaciguarme con las manos, me abrió las mandíbulas, y bajo la blanca luz de los focos el público vio brillar como fúnebres[5] puñales mis potentes colmillos, el silencio se hizo aún más imponente, si es posible. Entonces, con un suave movimiento, Kimberley se inclinó, y desde este momento su cabeza desapareció: estaba dentro de "mi" boca, de la boca de Rajá, a "mi" completa disposición.

Como una ascensión de lava candente dentro del cráter de un volcán, así subió a mi alma el recuerdo mil veces más quemante de las torturas que había sufrido. ¡Mío, mío, por fin!

Estoy seguro de no haberme estremecido, ni haber delatado en lo más mínimo el profundo oleaje que la venganza levantó en mi corazón. Cuando, después de un instante, Kimberley quiso retirar la cabeza, tropezó con mis colmillos. Yo, en cambio, sentí el estremecimiento que corrió por todo su cuerpo. Volvió a hundirla suavemente, y con igual pausa intentó retirarla: otra vez tropezó.

El público había seguido la maniobra presa de honda angustia: y cuando a la segunda vez se convenció de que la cabeza no salía porque *el paso se había estrechado*, un grito de terror resonó

4 **proeza**: hazaña.
5 **fúnebres**: mortales.

en el recinto, a tiempo que los guardianes hacían trágicas señales de silencio.

Para que se comprenda bien esto es preciso otra explicación.

Los animales salvajes enjaulados, en general, y en particular el elefante y las fieras, sufren en determinado momento un fulminante cambio de carácter que se manifiesta por una explosión de furor. Lo terrible de este cambio es que se opera sin que nada un segundo antes lo dé a suponer. Bruscamente el animal más dócil y cariñoso con su amo se lanza sobre él, presa de incontenible rabia, y desde ese momento hasta su muerte queda convertido en real y verdadera fiera. En el elefante es sumamente común esa *locura*. En los leones y tigres, siéndolo menos, sobreviene sin embargo. Por esto la vigilancia constante del domador, en especial cuando tiene un león detrás de él, y por esto también ciertas proezas, como la que se efectuaba conmigo en ese momento, son tan terriblemente peligrosas. ¡Si en el momento en que la cabeza se hunde, el animal cambia súbitamente[6] de carácter…!

Tal fue la creencia de los guardianes, y de aquí el silencio que impusieron, para aplacarme[7] en lo posible.

¡Oh, no! ¡No había en mí locura ninguna, y sabía perfectamente lo que hacía! ¡Sabía también que mientras yo persistiera en mi actitud, nadie se atrevería a intentar un paso contra mí: y saboreaba entre tanto con feroz deleite la agonía de aquel domador de tigres!

Entre la espantosa angustia del público, algunas voces sonaron:

—¡Matarlo, hay que pegarle un tiro!

---

6 **súbitamente**: de repente.
7 **aplacarme**: tranquilizarme.

—¡No, cuidado! ¡Va la vida del domador!

—¡Sí, sí!

—¡No se puede! ¡Silencio!

—¡Un cazador, un tirador que no yerre![8]

—¡No hay ninguno!

—¡Sí, sí!

Ya había pasado un minuto. En mi boca yo sentía la cabeza helada de Kimberley, mientras su cuerpo inmóvil tetanizado[9] por la angustia de muerte, pendía casi de mis fauces. Un minuto de esa tortura valía bien los treinta que yo había sufrido bajo su punta de fuego. E iba a concluir ya con el miserable trozándole[10] las vértebras, cuando mi vista cayó sobre un pálido rostro de varonil belleza que desde un palco me observaba. La primera sacudida la tuve ante la marmórea[11] serenidad de aquel rostro: la segunda, al sentir en mí la mirada de aquellos ojos negros. Un mar de recuerdos remontó a mí desde mi lejana infancia, y vi súbitamente el cuadro: lord Aberdale avanzando hacia mi padre, fijos los ojos en la terrible mirada de la fiera. ¡Era él, sí, el adolescente de entonces! Y súbitamente lo vi en otra escena: tendido al lado de mi madre, helado de heroísmo y de muerte próxima. ¡Sí, era él, a cuya mano había yo devuelto todo el calor que podía en mi propia desolación!

Los gritos continuaban:

—¡Un cazador!

—¡Sí, lord Aberdale!

---

8 **errar**: fallar.

9 **tetanizado**: agarrotado, paralizado.

10 **trozar**: romper, destrozar.

11 **marmórea**: bella y fría como el mármol.

—¡Lord Aberdale! ¡Él sólo puede hacer eso!

—¡Él lo conoce! ¡Mató a sus padres! ¡Es el cachorro que lo iba a devorar! ¡Rajá!

Todos los ojos se habían vuelto a Aberdale, el célebre aristócrata inglés que honraba al circo con su presencia esa noche.

Sólo a él se consideraba capaz de una hazaña semejante.

Yo lo vi salir del palco, de rigurosa etiqueta,[12] y avanzar por la pista con aquella suprema elegancia que recordaba bien. Su belleza, viril[13] ahora, había conservado el mismo mágico poder de la mirada. Yo lo vi llegar hasta la jaula y abrir la puerta con su mano enguantada. Y sin poder arrancarme a la fascinación que me embargaba, lo vi detenerse delante de mí.

Al principio había partido del circo entero un grito de terror al ver aquel acto de insensata locura o supremo valor que acometía lord Aberdale. Pero en seguida el más pleno silencio de angustia le había sucedido.

Aunque nadie ignoraba que el joven par de Inglaterra había recibido del Imperio Indio[14] las más inmensas aclamaciones por su prodigioso valor en las cacerías, aquel nuevo acto sobrepasaba, sin embargo, el límite permitido a un héroe humano.

Yo, por mi parte, sentía, como había sentido otra vez, el influjo de aquel valor y serenidad radiantes. Y en este estado de eléctrica fascinación, vi que Aberdale colocaba su mano sobre el hombro de Kimberley, y me miraba en los ojos sin odio alguno.

—¡Suéltalo! —me decía su mirada—. ¡Es una cobardía lo que haces!

12 **de etiqueta**: vestido con traje para fiestas solemnes.

13 **viril**: masculina.

14 India perteneció al Imperio Británico desde el siglo XVII hasta 1947.

Nadie oyó ciertamente palabra alguna, pero en todos estuvo la seguridad de que mi sordo gruñido había respondido a algo que yo había entendido. El público se agitó, presa de asombro y espanto.

—¡Le habla, le está hablando! —se oyeron voces contenidas—. ¡Oh, él los conoce bien!

—¡Debe tener un poder mágico!

—¡Sí, lo entiende!

No pude contener otro gruñido, pero esta vez por la imbecilidad de aquella gente. Lo que poseía el joven lord era muy sencillo, y que justamente faltaba en un todo a los otros: el valor, la serenidad profunda y confiada en sí misma con una gran fuerza, y que es la que da esa expresión a la mirada. Y esto además: la inteligencia. No hay animal que no comprenda en cierto modo lo que se le dice, siempre que el alma del hombre tenga verdadero temple. No comprenderá el significado de las palabras, pero sí el sentido de la voz, en la cual el pensamiento despierta las modulaciones que expresan cariño, odio, amor, etc. Los domadores de fieras profesan este axioma:[15] "No dejar adivinar jamás por la voz, al animal, que se le tiene miedo". Y sobre todo: "Que la voz de mando tenga tal tranquila seguridad, que la fiera no llegue nunca a comprender que, si quisiera, podría *no obedecer*". El día en que un tigre, un león, se da cuenta de que su voluntad es más fuerte que la de su domador, éste está perdido.

Yo, sin embargo, a pesar de la inmensa y tranquila fuerza que había en la orden de lord Aberdale, tuve un instante de rebelión.

Un ronco gruñido surgió de mi garganta, pero tuve que entre-

15 **profesan este axioma**: creen en este principio o verdad indiscutible.

cerrar los párpados porque sentí de nuevo que aquella mirada me decía:

—Una vez pudiste haberme devorado, y no lo hiciste. Yo había perdido las fuerzas, pero no el sentido. Trataste de revivir en mí una vida que había cortado la de tus padres, y sé qué recompensa tuviste. No manches ahora aquella acción con un asesinato que no es digno de ti, que has visto en tu juventud actos de mejor valor, ni de mí, que te conocí con mayor nobleza.

¡Oh, sí! ¡Nos habíamos conocido en una situación bien distinta a la presente, y no necesitaba recordármelo! Pero ese mismo pasado que evocaba no hizo sino exaltar mi degradación actual, y, resistiendo aún a su influjo mágico, me rebelé de nuevo.

Con un rugido ahogado, todo lo violento que pudo ser por el obstáculo de aquella miserable cabeza que no quería abandonar, le lancé mi desafío. Aberdale, inclinándose, cogió la fusta caída a mis pies, y al incorporarse vi que estaba pálido.

—¡No eres tú —me decía su palidez— el cachorro que a expensas de su libertad trató de salvar mi vida!...

Entonces, con una voz de inquebrantable imperio,[16] que la palidez de aquel semblante de héroe hacía tanto más ineludible:[17]

—¡Suelta! —me dijo, y esta vez en voz alta.

Durante cinco segundos en que traté desesperadamente de resistir su mirada, me sentí oprimido, dominado, achicado en todo mi ser por el centelleo de voluntad de aquellos ojos negros.

Y solté; de mis fauces abiertas y babeantes cayó la cabeza del domador, que se aplastó en el suelo, desmayado.

---

16 **inquebrantable imperio**: dominio o poder absoluto.

17 **ineludible**: inevitable.

Aberdale tiró la fusta ya inútil y, sin dignarse mirarme de nuevo, salió de la jaula, limpiándose los guantes del polvo del látigo.

Jamás se volverá a ver una más intensa ovación de público conquistado por un acto de sobrehumana voluntad. Las lámparas eléctricas temblaron sacudidas por el clamor delirante, y sólo el respeto al altísimo nacimiento de Aberdale impidió a la muchedumbre alzarlo en triunfo. La función estaba ya de hecho concluida con aquella casi tragedia. Y mientras los guardianes se precipitaban sobre la jaula con los hierros para liberar al domador, lord Aberdale abandonó el circo sin que su actitud indicara en lo más mínimo lo que acababa de realizar, y el público se fue a su vez. Y en un rincón de la jaula, acorralado por los hierros, quedé yo, rugiendo ahora incesantemente mi derrota y el nuevo triunfo de mi domador, mientras mi alma se abrasaba en ardientes olas de venganza insatisfecha.

Nueva tortura. Dos barras de la jaula ceden. Mi fuga. Kimberley me persigue. ¡Por fin! La cabeza de Kimberley. Un tiro de revólver

Kimberley estuvo quince días entre la vida y la muerte, con un ataque cerebral. Deliraba constantemente, pidiendo con gritos desgarradores que le cortaran de una vez la cabeza antes que soportar un segundo más la horrible tortura de sentirse dentro de mi boca. Al fin su constitución robusta venció, y, un mes después de aquella trágica noche, vi a Kimberley entrar en el recinto de las fieras y avanzar dificultosamente hacia mí, sosteniéndose en los montantes de las jaulas.

Al verlo otra vez, con su expresión de odio y crueldad, dirigirse hacia mí, el horno eléctrico subió en una llamarada a mi recuerdo, y una nube de sangre me cegó. Me abalancé sobre él, con un rugido, y la jaula entera tambaleó por la terrible sacudida contra los barrotes.

Kimberley se sonrió, con una sonrisa mil veces peor que una amenaza de muerte.

—¡No, no! —me dijo, apaciguándome con un ademán—.[1] No recomenzaremos todavía, porque estoy débil aún y quiero gozar de todas mis fuerzas para apreciar en su justo valor lo que sientas con un nuevo juguete que estoy haciendo aprontar[2] para ti. Te

---

1 **ademán**: gesto.

2 **aprontar**: preparar.

advierto, sí, que perdiste la ocasión de vengarte, y esto por tu cobardía: tu defecto capital. ¡Rajá! No tuviste valor para troncharme la cabeza de un golpe, ni la dignidad de resistir a un solo hombre (aunque éste sea lord Aberdale) que te amenazaba con un latiguillo, como a un vil perro. Esto es lo que sabes. Pero sí puedo jurarte que nunca más te ofreceré una ocasión como aquella para que te vengues y, después, estimo demasiado el buen nombre de mis fieras, para exponerte a nuevos actos de abyección y cobardía de tu parte, que deshonrarían a tu especie.

»Medita bien esto, Rajá, esfuérzate en dominar tu natural débil y asustadizo, que yo, para tus pequeños defectos de ingratitud conmigo, estoy ensayando un nuevo correctivo, mucho más eficaz, querrás creerlo, que aquel juguete del horno eléctrico.

¡Ah, ése era Kimberley! ¡Esa crueldad y dulzura inquisitoriales eran bien suyas! ¿A qué inesperado y terrible suplicio debía yo aprontarme?

Al día siguiente entraron dos personas. Tuve un sobresalto, y mi corazón se dilató en una oleada vital que yo conocía bien: delante de mí estaba lord Aberdale, Kimberley lo acompañaba, y su actitud expresaba el más profundo respeto y orgullo de estar al lado del alto aristócrata.

—¡Milord,[3] aquí está Rajá! —dijo Kimberley deteniéndose. Lord Aberdale me miró entonces, y yo sentí que mi cuerpo entero vibraba de emoción. Algo, sin duda, recordaba él de un pasado ya lejano, que era lo que también recordaba yo.

—Sí —repuso al fin—, está muy cambiado... Hace mucho tiempo que no nos veíamos —se sonrió.

3 **milord**: tratamiento que se da a los nobles en Inglaterra.

Kimberley evitaba mirarme.

—Creo —continuó Aberdale— que a usted le será imposible conservarlo más con usted, después de lo que ha pasado... Desearía tenerlo.

—¿Usted, milord? ¡Pero es una bestia vengativa y cruel hasta donde se puede decir!

—¡No tanto! —se sonrió de nuevo Aberdale—. Además, tengo ciertos motivos para no creerlo así —agregó pasándome la mano por la cabeza detrás de los barrotes.

Yo lancé un leve gruñido pero no me moví.

Kimberley se puso pálido de despecho[4] y envidia al ver que yo no destrozaba la mano del atrevido.

—¡Cuidado, milord! —exclamó—. ¡Es una fiera vil!

—Con usted, es posible... Yo lo compro, Kimberley —agregó.

El natural codicioso de éste se expandió de alegría ante la enorme suma que podría obtener, pero al mismo tiempo luchaba con el ardiente deseo de aplacar su rencor en mí, con nuevas torturas, y que tendría que abandonar si me perdía.

—¡Milord! ¡Un tigre amansado así vale mucho!

—¿Cuánto? —preguntó sencillamente Aberdale.

—¡No sé..., mucho, milord!

—¿Cuánto? —repitió lord Aberdale, mirándolo.

—¡Tal vez mil libras... tal vez más, milord!

—Luego dos mil le serán suficientes. Dígnese pasar por el Banco de Inglaterra: de aquí a una hora en adelante, le entregarán la suma. Pero con una condición (que la cantidad ligeramente superior a la indicada por usted disculpa en cierto modo): que us-

4 **despecho**: rencor.

ted mismo, pues los guardianes pueden descuidarse, lo conduzca a mi bungalow[5] en el Ramahal. ¿No le parece excesivo?

—Por los grabados que conozco —objetó con sorprendido y respetuoso reproche Kimberley—, ¡Aberdale's Palace[6] no es un bungalow, milord!

—Gracias por su amabilidad, Kimberley… ¿Convenido entonces?

—¡Convenido, milord! ¿Cuándo debo partir?

—Esta noche… Yo iré también.

Aberdale salió. Entonces, mostrándome el hierro, trémulo de rabia, Kimberley me lanzó:

—¡Ah, maldita, maldita bestia! ¡Te escapas a mi venganza, protegido por ese maldito aristócrata que el demonio confunda… y que tiene no sé qué diabólicas relaciones contigo! ¡Oh, pero antes de salir de aquí te voy a dar una lección para que recuerdes toda la vida al capitán Kimberley!

Llamó a los guardianes, y, a pesar de mi fuerte resistencia, lograron pasarme un dogal[7] de acero al cuello, cuyas cadenas ataron a uno y otro lado de la jaula.

Me vi así inmovilizado, sin poder avanzar un paso, ni poder alcanzar tender mi garra fuera de un cierto límite. En el borde preciso de este límite se sentó Kimberley en una silla, con la fusta en la mano. Y entonces, mientras yo hacía inauditos esfuerzos para tenderme y alcanzar cinco centímetros adelante, nada más, y arrancarle las entrañas, ¡Kimberley cruzó mi cara con el látigo, una y cien veces!

---

5 **bungalow**: casita de campo.

6 Esto es, 'el Palacio (de la familia) Aberdale'.

7 **dogal**: cuerda que se pone al cuello de algunos animales.

¡Oh, qué inmensa desesperación! ¡Nada me faltaba para alcanzarlo, unos cuantos centímetros, y estaba allí, crucificado, entregado a la ignominia[8] sin nombre de ese latigueo como si fuera un gozquecillo,[9] mientras Kimberley, cruzado de piernas y con el brazo tranquilamente posado sobre el respaldo de la silla, me azotaba la cara con rítmicos movimientos de su látigo! ¡Nadie bebió jamás más vergüenza que la que me hizo absorber ese miserable cobarde!

Por fin se levantó, diciéndome:

—¡Bien! Ya puedes ir a vivir con tu nuevo amigo: ¡No te olvidarás de cómo te ha tratado el capitán Kimberley!

Hubiera preferido la muerte.

De noche partimos. El viaje en ferrocarril no tuvo mayores incidentes, si se descuenta un choque sin consecuencias en Karik,[10] que sacudió rudamente el furgón, pero que tuvo para mí una importancia trascendental: dos barrotes habían salido de quicio. Ningún guardián lo notó, ni yo mismo, hasta que hube sido trasladado a la carreta, en que debía yo seguir viaje por la senda, en pleno bosque, que conduce hasta los contrafuertes del Himalaya.[11] Lord Aberdale y su séquito iban adelante a caballo, bastante distanciados. Kimberley y los guardianes acompañaban en otra carreta a la mía.

La segunda noche de viaje noté el desquicio de los barrotes. ¡Qué llamarada de insensata alegría! No el bosque, la libertad na-

8 **ignominia**: vergüenza, deshonra.
9 **gozquecillo**: perro pequeño.
10 **Karik**: lugar imaginario.
11 La cordillera del **Himalaya**, la más alta del mundo, es la frontera natural entre India y China.

tal, nada de eso me importaba. ¡Pero Kimberley, sí! ¡Sentía en plena cara la afrenta[12] de esos latigazos cobardes! Los barrotes rotos eran la devolución de los latigazos, y devolución definitiva, ¡oh, sí!

Comenzaba a amanecer. Al apartar un barrote con mis garras, el hierro forjado lanzó un estridente chirrido, y sentí que alguien venía apresuradamente hacia mí. No tenía tiempo que perder: aparté inmediatamente el otro barrote, y un guardián —aquel de cara cruel con quien tenía yo larga cuenta atrasada— surgió ante mí. Tuvo apenas tiempo de ver lo que pasaba, y gritar ¡soco...!

Con un ronco rugido yo había caído sobre él, hundiéndome en seguida en el bosque. Detrás de mí quedaba el guardián con las entrañas abiertas, y el clamor de sus compañeros y Kimberley. Oí aún la voz de éste que gritaba enviando anuncio de la catástrofe a lord Aberdale. Alguien disparó un tiro, y no oí más.

Estaba agazapado al borde de un sendero, por el que debían internarse fatalmente mis perseguidores.

¡Ah, el aire natal, el cielo puro, los perfumes que se han respirado cuando pequeño! ¡Allí, en ese paisaje que cantaba la excelsitud[13] de mi sangre real, yo debía rescatar sobre[14] Kimberley la afrenta de sus latigazos y sus piernas cruzadas! Pasó una hora. De pronto sentí pasos que se acercaban, y oí la voz de un indígena:

—No me interno más, *sahib*...[15] El sendero se cierra allí, y sin batidores no es prudente avanzar.

12 **afrenta**: ofensa, humillación.

13 **excelsitud**: excelencia, categoría elevada.

14 **rescatar sobre**: aquí, 'vengar en'.

15 ***sahib***: en la época colonial, tratamiento con el que los indígenas se dirigían a los blancos en India.

Asomé furtivamente[16] la cabeza sobre un tronco caído, y vi al indígena y a Kimberley detenidos a veinte metros de mí.

Un rugido sordo a ras de tierra, cuya distancia, por ese motivo, no se podía apreciar, los sacudió violentamente. Kimberley se puso lívido.

—Bien —murmuró—. Ahora es nuestro... Tú vuelve atrás y dile a lord Aberdale que lo espero aquí...

El indígena huyó en precipitada carrera, mientras Kimberley miraba ansiosamente a todos lados.

—Dejaré que ellos se entiendan —oí que murmuraba—. Además, acaso Rajá dé cuenta de él... y yo me encargaré de obtener luego otras dos mil libras de su familia... Me trepo a un árbol.

No tuvo tiempo; con un brusco rugido caí de un formidable salto a quince metros de él, erguido en toda mi plenitud. Kimberley vio entonces, por primera vez, lo que era un tigre real de Bengala en plena selva. Un domador de fieras no es forzosamente un cazador, pues aquél requiere paciencia, sobre todo, y éste, sobre todo valor. ¡Oh, no era él lord Aberdale!

El fusil le tembló en las manos y yo comencé a avanzar hacia él, fijos mis ojos en los suyos.

Todo: su cara, su ropa, su olor mismo, me puso delante de los ojos el horno eléctrico, la tortura dulzona y metódica, el látigo, y sobre todo, ¡la pierna cruzada aquélla, mientras me afrentaba!

El rayo de mi mirada le devolvió un resto de valor, y llevándose el fusil a la cara, disparó. Sentí un agudo dolor en la espalda, y en un segundo estuve ante él; fue tan terrible su miedo al verme cara a cara —¡y en libertad ya, esta vez!— que el arma se des-

16 **furtivamente**: a escondidas.

prendió de sus manos, y lanzó un grito, a tiempo que yo abría la boca y la cerraba sobre su cabeza.

¡Ah! ¡No estaba allí, no, el ser que había trastornado profundamente los primeros sentimientos de mi niñez con su heroísmo! ¡Y los segundos pasaban, y mi alma se empapaba en el supremo deleite de borrar la mancha de los latigazos!

Pero mi destino estaba matemáticamente trazado. Un ruido violento que hacía retemblar la tierra llegó a mis oídos. Era una desesperada carrera de caballo. Un momento después, en la curva del sendero, aparecía lord Aberdale, sin sombrero, pálido por la generosa emoción de no llegar a tiempo.

Yo lo vi lanzarse del caballo y avanzar hacia mí con el revólver en la mano. Yo lo oí que me gritaba:

—¡Suelta! —con su clara voz de imperial voluntad, cubriéndome con la mira de su revólver.

¡Pero esta vez no! ¡Él no sabía cuál había sido mi tormento diario durante cinco años, cuáles fueron las torturas y afrentas del miserable para conmigo, y no tenía, como yo, un balazo en la espalda!

Y mirando fijamente a Aberdale, oprimí las mandíbulas… *¡trac!*

Mientras el cuerpo decapitado[17] de Kimberley se desprendía de mi boca, vi que una sombra pasaba por el rostro de mármol de Aberdale, y sentí instantáneamente el estampido del tiro y un dolor lacerante[18] en los pulmones. Todo dio vueltas a mi alrededor y caí desplomado.

---

17 **decapitado**: sin cabeza.

18 **lacerante**: muy agudo, penetrante.

Aquí terminan mis memorias. Ahora, mientras recuerdo aquellos dolores, echado sobre una fresca estera, tengo a mi lado a lord Aberdale, leyendo, cuya mano se baja a ratos a acariciar mi cabeza. Estamos en Aberdale's Palace, en pleno Ramahal. Detrás de nosotros, el Himalaya sombrío hunde en el cielo su inmaculada blancura.[19] Delante, tras las palmeras del parque, la selva natal me envía su incitante perfume. Pero yo entrecierro los ojos de beatitud;[20] y mientras lord Aberdale, sin quitar los ojos del libro, vuelve a bajar la blanca mano, yo siento a su contacto que mi ser se expande en eléctrico runruneo,[21] y paso lentamente mi lengua por aquella mano de héroe, feliz de ser suyo.

---

19 **inmaculada blancura**: 'blancura sin mancha', en alusión a las cumbres nevadas del Himalaya.

20 **beatitud**: placidez, tranquilidad.

21 **runruneo**: sonido de satisfacción que emiten los felinos cuando están a gusto.

a c t i v i d a d e s

a c t i v i d a d e s

El devorador de hombres

Argumento

1 El narrador de este relato es Rajá, un tigre de Bengala que se muestra muy orgulloso de su estirpe. ¿Por qué era famoso su padre entre los seres humanos? ¿Qué cualidades atribuye Rajá a su linaje? (págs. 9-10)

2 El cachorro de tigre pronto da pruebas de su valor, pero, al ver avanzar a lord Aberdale, se queda suspenso ante el porte y el coraje del joven aristócrata. ¿Qué cualidades de Aberdale admira Rajá? (pp. 16 y 18) ¿Qué comentario elogioso del padre del cachorro exalta al joven lord? (pág. 21)

3 Al instante se desarrolla un feroz combate a muerte. ¿Quiénes se enfrentan en esa lucha? (págs. 22 y 24-26) ¿Cuál es el resultado? ¿Cómo reacciona Rajá ante los cadáveres de Hunter y del príncipe hindú? En cambio, ¿qué siente y cómo actúa el cachorro al ver a Aberdale fundido en mortal abrazo con la tigresa? ¿Qué juramento hace Rajá entonces? (págs. 27-28)

4 El cachorro es vendido al capitán Kimberley, dueño del Circo Asiático. ¿Qué métodos utiliza el domador para amaestrar al tigre? (pág. 32) ¿Y qué sentimiento va creciendo poco a poco en lo más profundo de Rajá?

5 La primera ocasión de venganza se presenta la noche en que se apaga el foco eléctrico durante un ensayo. Sin embargo, ¿por qué Rajá decide no participar en el ataque al domador? (págs. 35-36)

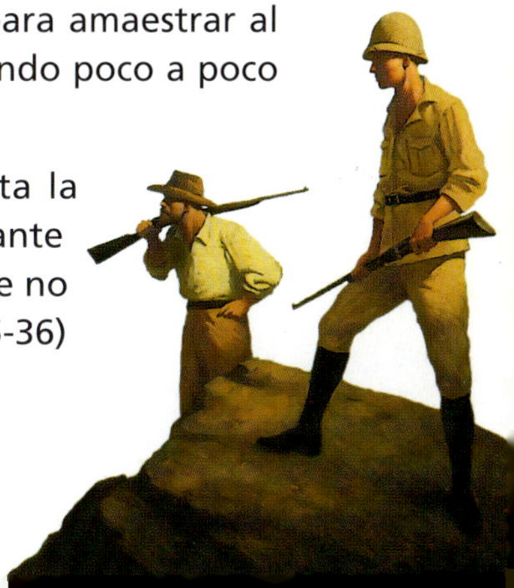

6 Kimberley atribuye a Rajá la indignidad de un ataque cobarde por la espalda y decide darle un escarmiento. ¿De qué acusa el tigre al domador? (pág. 40) ¿Con qué instrumento y con qué método tortura Kimberley a Rajá? (págs. 41-42) ¿Qué crueles comentarios añade a la tortura física? (pág. 43)

7 Tras quedar horriblemente desfigurado, Rajá jura de nuevo vengarse. Sin embargo, ¿cómo disimula su sed de venganza? (págs. 45-46) ¿Qué consigue con su actitud? (págs. 46 y 48)

8 Kimberley decide presentar a su público un espectáculo insuperable: introducirá su cabeza en la boca de Rajá. Pero en cuanto el domador pone en práctica esa proeza, el tigre cierra un poco la boca. ¿Con qué propósito? ¿Por qué no mata de inmediato a Kimberley? (pág. 53)

9 Rajá no puede culminar su venganza porque Aberdale irrumpe en la pista. ¿Cómo consigue el aristócrata dominar al tigre? (págs. 54-57) ¿Qué sensación le queda al felino tras ser enjaulado de nuevo? (pág. 58)

10 Kimberley está a punto de morir a consecuencia de la impresión recibida. Tras recuperarse, ¿qué planea el domador? (pág. 60) Sin embargo, ¿qué obstáculo se opone a su propósito? (pág. 61) ¿Cómo se venga Kimberley del tigre antes de desprenderse de él? (págs. 62-63) ¿Qué sentimiento suscita tan vil trato en Rajá? (pág. 63)

11 El tigre de Bengala es trasladado en tren a la propiedad de lord Aberdale. ¿Qué afortunado suceso permite al tigre escapar durante el trayecto? (pág. 63)

12 La ocasión esperada por Rajá llega al fin cuando el tigre se enfrenta en la jungla al capitán Kimberley. ¿Qué última indignidad pretende cometer el domador? (pág. 65) ¿De qué se acuerda el tigre antes de atacarlo?

13 La historia tiene un final feliz. Pese a ser herido una vez más, Rajá sobrevive y queda en posesión de Aberdale. ¿Qué sentimiento predomina en el tigre cuando es acariciado por su amo? (pág. 68)

Comentario

1 Nada más comenzar el relato comprendemos que el enfrentamiento que más adelante se desarrollará entre el domador y el tigre de Bengala se enmarca en el **conflicto** más amplio entre **el mundo natural y la civilización**. Según Rajá, ¿quién fue el responsable de ese choque? ¿Por qué la paz entre tigres y seres humanos no fue posible? (pág. 10) ¿Qué le "exige" la selva a Rajá? (págs. 26-27)

2 En parte debido a ese enfrentamiento, la historia de Rajá es el **relato de una venganza**. Al principio, ¿de qué desea vengarse el cachorro? (págs. 27-28) ¿Y posteriormente? (pág. 32)

3 ¿Qué rasgos de carácter y qué comportamiento del **capitán Kimberley** parecen justificar plenamente las ansias de venganza de Rajá? ¿Es descrito el domador con algún trazo positivo? (págs. 32, 40-43, 46, 63 y 65). En el último y definitivo enfrentamiento entre Rajá y Kimberley, ¿sientes que la acción del tigre es cruel e injusta? (pág. 66)

4 En contraste con el negro retrato de Kimberley, **lord Aberdale** es un personaje heroico y admirable de pies a cabeza. ¿Cómo es físicamente el aristócrata? ¿Qué virtudes le atribuye el narrador? (págs. 18-22, 25-26 y 53-57)

5 Pese a que el joven lord es un individuo de la "especie enemiga", Rajá siente verdadera fascinación por él. ¿Crees que esa admiración es mutua? ¿Por qué? ¿En qué se parece Rajá a Aberdale? ¿Qué lazos unen desde el principio al tigre y al noble británico? (pág. 31) ¿Cómo se consuma al final esa afinidad?

6 El resto de **seres humanos** que aparecen en el relato no reúnen, como es de suponer, las cualidades de Aberdale. ¿Cómo se comportan los guardianes con el cachorro herido? ¿Reaccionan con justicia ante los acontecimientos? (págs. 30 y 39)

Conducta y hábitos de los tigres

1 En la nota 5 de la página 10 comentábamos que los tigres, en verdad, no son "devoradores de hombres". Y, desde luego, no es verosímil que un tigre pueda convertirse en narrador de un relato. La ficción no siempre retrata con fidelidad la realidad. Para comprobarlo, busca información sobre la conducta y hábitos del tigre de Bengala. ¿Viven en sociedad o son animales solitarios? ¿Quién se encarga del cuidado de los cachorros hasta que llegan a la vida adulta?

2 Ya sabes que el tigre es un experto cazador, silencioso y astuto. ¿Pero cuáles son sus presas favoritas? ¿Cómo las mata? ¿Cómo se asegura de que la muerte ya se ha producido? ¿En qué parte del día prefiere cazar y por qué?

3 La piel del tigre le sirve para ocultarse en la jungla. ¿Tiene su piel la capacidad de regenerarse una vez ha sido dañada por el ataque de otro animal o por el fuego?

4 El peor enemigo del tigre es el ser humano. Investiga cuántas especies de tigre hay en el mundo y averigua si alguna ya se ha extinguido o está en vías de extinción.

Amaestrar animales

1 El amestramiento o doma es un proceso sistemático para conseguir la sumisión y el dominio de un animal, forzándole a adoptar conductas que no son naturales en él. Investiga cómo actúan los domadores de fieras salvajes para que éstas obedezcan sus órdenes. ¿A qué instrumentos recurren para obtener sus propósitos? ¿De qué modo interviene la alimentación en el proceso de amaestramiento? ¿Qué otros procedimientos se emplean para evitar que la fiera ataque y produzca daños? ¿Es cierto lo que dice Rajá sobre el uso del látigo en las páginas 49-50 del relato?

2 En el proceso de doma de animales se recurre a menudo a la violencia y al miedo. ¿Crees que ese comportamiento del hombre es aceptable? ¿O preferirías que los animales no fueran amaestrados ni exhibidos en los circos y vivieran libres en su entorno natural? Haced un debate sobre este asunto en clase.

Horacio Quiroga (1878-1937)

La violencia y la muerte que pueblan los relatos de Horacio Quiroga tienen sus orígenes en los cuentos de horror del romántico norteamericano Edgar Allan Poe, y, en el plano personal, en la suma de desgracias fatales que marcaron la propia existencia del escritor. Nacido en la ciudad uruguaya de Salto en 1878, a los tres meses de edad el pequeño Horacio perdió a su padre en un accidente de caza. Cuando Quiroga apenas contaba dieciocho años, su padrastro se suicidó, incapaz de soportar la parálisis general que le aquejaba. En 1900 realizó un viaje a París, deslumbrado por la belleza de una ciudad que por entonces era la capital cultural y artística del mundo. La experiencia, sin embargo, se saldó con un sonoro fracaso, pues en tres meses y medio de estancia el escritor salteño no conoció más que el hambre, el desengaño y la humillación. En 1902 mató accidentalmente de un disparo a su amigo Federico Ferrando, y, con el sentimiento de culpa royéndole las entrañas, abandonó definitivamente su país natal para afincarse en Argentina, donde tal vez buscara cambiar de rumbo su adverso destino.

En 1903 acompañó, en calidad de fotógrafo, al escritor modernista Leopoldo Lugones a una expedición a la selva de Misiones. Enamorado de la belleza de aquellas tierras vírgenes, pocos años después regresará allí para construir su casa y emprender diversos negocios agrícolas por completo ruinosos. De 1909 a 1915 vivió en la finca de Misiones con su primera esposa, Ana María Cires, su hija Eglé y su hijo Darío. En esta época escribió *El devorador de hombres*, relato publicado en 1911 por entregas en la prestigiosa revista bonaerense *Caras y Caretas* bajo el seudónimo de S. Fragoso Lima. Pero la aventura de la selva le deparó otra desgracia: tras una disputa conyugal, su mujer se suicidó en 1915, y Quiroga, sintiéndose de nuevo culpable, resolvió regresar a Buenos Aires con sus hijos. A partir de entonces publicó sus cuentos más famosos, que tienen la selva como escenario o tema principal: *Cuentos de amor de locura y de muerte* (1917), *Cuentos de la selva* (1918) y *Anaconda* (1921). Su reconocimiento como autor, sin embargo, empezó a decaer en 1926, cuando los escritores jóvenes despreciaron su obra por considerar que su estilo era descuidado e imperfecto.

Entre 1931 y 1935 regresó a Misiones, donde el escritor compaginaba su vida en la selva con el ejercicio de un cargo consular. Le acompañó su segunda esposa, María Elena Bravo, con quien tuvo a su tercera hija, Pitoca. Pero en 1935 hubo de afrontar más penalidades: Quiroga fue cesado en su empleo y comenzó a pasar dificultades económicas, a las que se sumaron el abandono de su mujer y el distanciamiento de sus hijos. Finalmente, tras serle diagnosticado un cáncer de próstata, en 1937 el escritor se suicidó ingiriendo cianuro en la ciudad de Buenos Aires.

Quiroga no idealizó la selva en su producción literaria, sino que la reflejó de forma realista, con sus maravillas y sus horrores, con su belleza y su ferocidad. En sus relatos el escritor destaca la crueldad de la vida salvaje, pero también muestra las reglas fundamentales de la convivencia armónica con la naturaleza, con la que se siente profundamente solidario y respetuoso.

CUCAÑA

Últimos títulos publicados

12. Mary Hoffman
    Un tirón de la cola
    Ilustraciones de Jan Ormerod

13. Anónimo
    El jorobado y otros cuentos de «Las mil y una noches»
    Versión de Brian Alderson
    Ilustraciones de Michael Foreman

14. Rudyard Kipling
    Las aventuras de Mowgli
    Ilustraciones de Inga Moore

15. Horacio Quiroga
    Anaconda y otros cuentos de la selva
    Ilustraciones de Ángel Domínguez

16. H. C. Andersen
    La Reina de las Nieves
    Ilustraciones de P. J. Lynch

17. Varios autores
    La Bella y la Bestia y otros cuentos maravillosos
    Ilustraciones de P. J. Lynch

18. Charles Perrault
Riquete el del Copete
Ilustraciones de Jean Claverie

19. Anónimo
Simbad el marino
Adaptación de Agustín Sánchez Aguilar
Ilustraciones de Amélie Veaux

20. Daniel Defoe
Robinson Crusoe
Adaptación de Eduardo Alonso
Ilustraciones de Robert Ingpen

21. Eduardo Soler
Atina y adivina
Ilustraciones de Nivio López Vigil

22. Victor Hugo
El jorobado de Notre Dame
Adaptación de Miguel Tristán
Ilustraciones de Alberto Urdiales

23. Jerry Pinkney
Fábulas de Esopo
Ilustraciones de Jerry Pinkney

24. Hugh Lupton
La voz de los sueños
y otros cuentos prodigiosos
Ilustraciones de Niamh Sharkey

25. Charles Dickens
Cuento de Navidad
Adaptación de Pablo Antón Pascual
Ilustraciones de Christian Birmingham

18. Charles Perrault
Riquete el del Copete
Ilustraciones de Jean Claverie

19. Anónimo
Simbad el marino
Adaptación de Agustín Sánchez Aguilar
Ilustraciones de Amélie Veaux

20. Daniel Defoe
Robinson Crusoe
Adaptación de Eduardo Alonso
Ilustraciones de Robert Ingpen

21. Eduardo Soler
Atina y adivina
Ilustraciones de Nivio López Vigil

22. Victor Hugo
El jorobado de Notre Dame
Adaptación de Miguel Tristán
Ilustraciones de Alberto Urdiales

23. Jerry Pinkney
Fábulas de Esopo
Ilustraciones de Jerry Pinkney

24. Hugh Lupton
La voz de los sueños
y otros cuentos prodigiosos
Ilustraciones de Niamh Sharkey

25. Charles Dickens
Cuento de Navidad
Adaptación de Pablo Antón Pascual
Ilustraciones de Christian Birmingham